눈물의 탄생

지혜사랑 240

눈물의 탄생

이경숙

지혜

시인의 말

나 너 우리
함께 했던
눈부신 말
쓸쓸한 몸짓

오래 기억되기를

하나의 문이 닫히면
또 하나의 문이 열린다는 것을 믿으며

내내 안녕하기를

2021년 여름
이경숙

차례

2부 나 행복하라고 당신을 가까이 데려온다

3부 어제의 햇살을 밟고 기쁜 오늘이 지나간다

4부 슬픔의 모서리를 지우개로 문지르다

• 일러두기

한 연이 첫 번째 행에서 시작될 때는 > 로 표시합니다.

1부

눈물은 슬픔만으로 오지 않는다

눈물

엄마와 함께 두릅을 꺾었네. 서툰 손가락이 센 가시에 찔렸네. 찔끔 눈물이 흘렀네. 메마른 내 몸에서 물이 솟는 것이었네. 물이 없을 것 같은 몸 어디에 물이 숨어 흐르고 있었던 것일까. 두릅나무 수액이 밀어올린 새순처럼 눈물은 돋은 것일까.

눈물은, 펄펄 끓는 이마를 짚어주던 엄마의 거친 손이었거나, 종종거리며 부엌을 오가던 엄마의 지친 발이었거나, 걱정으로 퉁퉁 부은 엄마의 눈이었네. 가시가 나를 찌른 것은, 내가 나를 찌르는 것이었네. 아픔이 점점 더해지는 것도 이 때문이었네. 찌르고 들쑤시고 화끈거리는 손가락에서 김이 오르는 고봉밥이 보이고, 풀 먹여 다림질한 하얀 블라우스가 보이고, 곱게 빗겨 묶어 주던 머리방울이 보이는 것이었네.

가시가 사방인 산비탈, 둥글게 굽은 엄마의 몸에서 내 시詩가 써지고, 내 책이 펼쳐지고, 내 밥상이 차려지는 것이었네. 눈물은 다만 슬픔만으로 오지 않는다는 막연한 생각을 해보는 순간이었네.

보라

안녕? 헤어짐은 짧고 인사는 길다 눈물진 얼룩이 차가운 바람으로 분다 미처 겨울을 빠져나가지 못한 슬픔이 길가에 즐비하다 마른 잎 하나 없는 나무와 길을 걷는다 나무를 떠나보내고 한 나무를 떠나보내고 또 한 나무를 떠나보내고 또 다시 한 나무를 떠나보내도 아직도 너무 많은 나무들

어젯밤 꿈에서 불러냈던 얼굴이 보도블럭에 떨어져 있다 눈 코 입이 선명한 여기에 있지만 여기에 없는 얼굴이다 나는 걷고 또 걷는다 한 발 내디딜 때마다 추운 네 이름을 지울 수 있을 것 같다 그렇게 믿는다

빈 가지마다 너의 다정이 하얗게 내려 쌓인다 다정은 따뜻하고 이기적이라서 쉽게 마음을 들키게 한다 자꾸 바람은 불고 시기를 놓친 말들이 일렁인다 채 건네지 못한 말들이 날린다 눈빛이 머문 자리마다 지난 약속이 돋아난다

비밀 하나쯤 만져질 것 같은 오후 다섯 시 무렵

투명에 가까운 마음에 보라가 몰려온다 누군가 말한다 이제 아무것도 남아있지 않아 서로를 모른 채 겨울은 간단다 나는 또 그것을 믿기로 한다 너를 간단히 잊기로 한다

눈사람

눈사람을 생각하는 동안 겨울이 다 간다
오지 않는 눈
본지 오래된 눈사람

겨울이 깊구나
동그랗게 턱을 괴고 앉아있으면
손이 쉽게 골똘해진다

지루해진 골목이 턱을 끌어당겨 어딘가로 데려간다
희망적인 일을 찾아낼 수 있을 것 같은데
희망적인 일과 절망적인 일이
동시에 따라다닌다

구름으로 몰려다니는 것
머뭇거림과 두려움으로 뛰어내리는 것
흘러서 무참히 사라지는 것

눈이 많이 온 아침을 맞고 싶다
절망의 범위를 가진 희망 같은
마음 한 귀퉁이를 털어내고 싶은

사랑스럽게 쏟아지는 꽃 같은 싸움

그날의 기분이
그날의 냄새가
새하얗게 살아나 쓸모 있기를

눈을 굴리느라 찬바람에 내내 시린 귀가
겨울이 가기 전에 희망을 만나는 건 행운이라고 하는 것 같다
착하고 순한 눈사람이 골목 끝에 서 있을 것만 같다

오늘의 시작

춥고 배가 고파서 따뜻한 햇볕 생각이나 하다가 바나나를 떠올리다가 눈을 떴을 때

트렁크가 열리고
따뜻함은 사라지고 바나나는 어디에도 없고
뒤꿈치를 든 맨발은 고요의 소리를 따라 걸어 다니고 어리둥절한 눈은 하얀 얼굴을 쓸어내리며 어제의 살결을 만진다

고요가 쓸쓸함이 되는 사이
간절함이 머물다 간 사이
뒤적뒤적 한 밤을 보낸
새벽 4시와 5시 사이라고 말할 수 있을까
트렁크 밖으로 쏟아진

어두운 골목길에 휘청거리던 발걸음들 끝없이 걷고 또 걸었겠지 그 발자국들을 당장 없애버리라고 소리치고 싶지만 열린 트렁크 속으로 쓰셔 넣는다 뒤죽박죽인 발자국들이 끌고 다닐 트렁크 그러나 첫 시간이 어디라고 말하지 않는다

끌고 온 얼룩들이 자라나는 몸

그것을 분홍 트렁크라 부를 수밖에

또 하나의 오늘
또 하루의 시작

무지개

내 것이지만 다른 것의 영향 아래 있습니다
다시 생각해보니 그렇지 않습니다
보고 싶으면 하늘을 올려다보면 됩니다

볼 수도 있고
보지 못할 수도 있습니다
생각보다 조금 더 멀리 있을 수도 있습니다

어디로든 올 수 있고
어디로도 오지 않을 수 있습니다
어쩔 수 없는 날도 있습니다

자꾸 바람이 일어
나무도, 꽃도 한쪽으로 눕습니다
높이 있으나 구름의 가벼운 자세를, 비의 가는 몸짓을 신뢰합니다

견뎌내야 하는 압력에 대하여
굴러다니는 물방울에 대하여
함부로, 쉽게, 간단히 말할 수 없습니다

오늘의 날씨를 이렇게 읽습니다

예측 불가능을 오래도록 의지했다
기약 없던 시간에도 그 의미가 변하지 않음에 안도했다

수몰

문을 열고 성큼 강물이 들어섭니다 강물에 붙잡혀 문이 꽁꽁 묶입니다

물살을 떠미는 바람에 흔들려 열릴 듯 열릴 듯 열리지 않는

물속으로 천천히 걸어 들어가면

이른 잠 깨우는 닭 홰치는 소리 손톱에 마음 물들이는 봉숭아 피는 소리 길쭉하게 오이 매달리는 소리 잘라도 잘라내도 정구지 다시 크는 소리 감나무에 홍시 붉게 익는 소리 멀리서 소쩍새 우는 소리 고요히 저녁이 걸어오는 소리 평상에 수저 부딪는 소리

문 활짝 열어놓고 맞이할 것 같은

봄눈 날리는 들판에 청보리 밟던 발이 거름 이고 지고 나르던 발이 감자밭 고추밭 고랑 오가던 발이 물꼬 트러 논물보러 가던 발이 삽자루 괭이자루 호미자루 끌고 다니던 발이

한 마리 물고기로 헤엄치는

>

어디에나 있고 어디에도 없는 모든 것들이 바닥을 드러낼 때까지 출렁출렁 찰랑찰랑 흔들리며

아직은 견딜만하다고 진달래와 산벚과 칡꽃과 수많은 냄새로 번지는

다시 시작

누가 속삭이나 누가 손짓하나 비밀스런 이야기를 쏟아내는 주술에 걸려

뛴다 멈춰 선 발이 뛴다 숨죽인 숨이 뛴다 거친 숨결 닿은 코가 뛴다 꿇은 무릎이 뛴다

하얀 스타팅라인이 움직인다 굳어 있던 심장이 튕겨 나가 트랙을 돈다 잃어버린 말이 환청으로 남은 말이 초록 속으로 싱싱하게 뛰어든다 피니시라인이 어딘지 물으려다가 그냥 참는다 그늘을 걷고 햇살을 끌어당긴다 멀리 갔던 벙근 입술이 커진 귀가 산머루빛 눈이 돌아온다 오늘은 좋은 날인가 쿵쿵거리며 오늘은 적당한 날인가 쿵쿵거리며

어제 불다 남은 바람이 다시 불고 예고 없이 소나기가 몰려올지도 모르는 늦은 오후

바람에는 바람이 없고 비에는 비가 없는 줄 알고 뛴다 온몸으로 맞으며 뛴다 온몸을 끌어당겨 뛴다 초록 속으로 풍덩 뛴다

룰루랄라

너의 손끝에서 쏟아져도 괜찮아, 너의 눈빛으로 피어나도 좋아, 나는 그날 그렇게 믿었다

세상 쓸쓸함이 온통 눈으로 내리는 날, 아름다운 영화처럼 눈보라 속을 걸어 너에게로 룰루랄라

그래서 자꾸 웃음이 터지는
그래서 자꾸 눈물이 나는

나를 당혹스럽게 하는 룰루랄라

자기소개서

나를 너라고 말할 때 너를 나라고 우길 때

골라서 쓴다

나답지 않아 너 같은 너답지 않아 나 같은

하지만 쓴다

키도 작고 눈도 작고 입도 작고 귀도 작고 손도 작고 발도 작고 간도 작은
너무 너다운 너에 대해

지우고 다시 쓴다

인사를 잘 해 선생님 말씀 잘 듣지 친구는 때리지 않아 거짓말은 하지 않는

너무 나 같지 않은 나에 대해

솔직하게 쓴다

아는 체는 귀찮아 인사 않고 지나친다 시키는 건 싫어 제

멋대로 한다 맞으면 두 배로 때려준다 아니면 귀라도 깨문다 부끄러운 일은 입 다물고 꽁꽁 싸서 숨긴다

너무 나 같은 나에 대해

이건 아니지 느낌이 중요해

마지막으로 고쳐 쓴다

맑다 깊다 넓다 바보다 착한 척한다 부지런하지 않다 그렇다고 게으른 건 아니다 아무짝에 쓸모없다 그러나 어딘가에 쓰일 수 있다

진짜보다 더 진짜 같은 이름 옆에 선택된 숫자를 크고 반듯하게 쓰고 긴 문장에 마침표를 찍어

마침내 내가 될 나를 정성들여
제출한다

걸어가는 웃음 걸어가는 눈물 걸어가는 냄새 걸어가는 소리 걸어가는 얼룩 걸어가는 바람 걸어가는 구름 걸어가는 햇빛 걸어가는

애인 구함

그가 누구든 그는 강해야 합니다

싸늘한 눈빛은 그의 절대 권력이어야 하고요 권력은 뜨거움을 식힐 줄 아는 차가움으로부터 온다는 것을 알아야 해요 하루에도 열두 번씩 사라졌다 나타나는 나를 찾지 말아야 한다는 것도 알아야할 거예요 그건 인내심을 필요조건으로 하기 때문이죠 내가 잠들었던 세상에서 불현듯 깨어나 떨어진 잠을 주울 줄 아는 잠드는 방식에 대해 아름답다 말할 줄도 알아야 합니다 감정적으로 대립하며 오늘은 좀 쉬어야 해 가장 조용한 세상에 있을 때 또 한세상에서 기다리던 그가 짐짓 태연하게 걸어 나올 수 있어야 해요 그곳이 어디든

네가 걷는 세상은 희미하구나 램프의 심지를 올리고 쓰다듬어줄 수 있어야 해요 어두워질수록 얼토당토않는 말을 환하게 쏟아낼 수 있어야 하고요 다른 세상에서 걸어 나오는 사람처럼 램프 속에서 또 한세상이 흘러나오게 할 수 있어야 해요 그곳이 새롭고 재미난 곳이라는 걸 알려줘야 할 거고요 그 규칙은 꼭 지켜야 합니다 아찔한 유희에 빠져 벼랑에 매달렸을 때 떨어져도 좋아 너를 잃어버려도 좋아 당당함도 있는

>

뿌옇게 세상이 흔들릴 때 눈물은 별로야 나라면 울지 않지 운다고 뭐가 달라지나 질질 운다고 예뻐지지 않아 속눈썹 끝에 매달린 눈물방울이 나를 더 긴장되고 설레게 하지 거침없이 말할 수 있어야 해요 부드러운 혀로 눈물방울을 핥는 은밀함도 있어야 해요 모르는 곳에 새로운 방 하나 빌려줄 수 있어야 하고요 이유는 묻지 않아야 합니다

갑자기 쿵하고 하늘에서 땅으로 쏟아지는

봄밤

통화음이 길어질 때
차라리 귀가 없었으면 했다
벚꽃 지는 봄밤
참 좋은 봄날이지
꽃 타령이나 하는 그가 안쓰러워
물큰한 그를 불러보려고
간신이라도 불러보려고
입술을 오므려도
소리는 밖으로 나오지 않고
고요히 몸만 떨렸다
뭐라고 불러야 하나
자기라고 하기에는
입에 착착 감기고
너라고 하기에는
너무 불성실한 것 같은데
오지 않은 시간을 기다리는 듯
그의 말이 가끔 끊겼다
신음조차 말이 되는
바람에 날리는 꽃잎조차 소음이 되는
봄밤
나는 한 그루 벚나무로 떨고 있었다
이미 내 것이 아닌 귀가 잎사귀로 자라고 있었다

2부

나 행복하라고 당신을 가까이 데려온다

고스트 라이터

당신의 이름은 무엇입니까 나이는 몇입니까 무릎이 깨지도록 넘어진 적 있습니까 울음으로 울음을 삼킨 적은 몇 번일까요 별을 가져다 노래를 만들어 본적 있습니까 몇 달 못 갈 사랑을 읊조리며 짧은 햇살이 냉정하던 그때를 떠올려 보세요 모욕으로 기억되는 아픈 순간에 대해 얘기해 보시죠 강에 몸을 던져 볼까 생각해 본적 있나요 당신에게 슬픔의 방은 몇 개일까요 반대로 묻습니다 기쁨의 방에서는 어떤 음모를 벌였는지요

밤에 잠들지 못하는 피를 가졌으므로 질문은 계속되었다 덮어버려야 할 것들과 덮어버리지 못할 것들을 위한 단어의 나열이 시작되었다

아무것도 모른 채 내가 나를 삼키던 날의 연속이었다 어제의 그날은 늘 뒤늦게 도착했다 그날의 햇살이 내 얼굴에 와 부딪힌다 지친 하루가 지나가는 하늘로 새떼가 날아오른다 나는 함께 날아오르는 상상을 한다.

밤이 몸을 뒤척이며 정직하지 않은 대답을 받아 적는다 못 볼 것을 본 듯 못 보일 것을 보여준 듯

착한 여자

위경련이 자주 일어났다 습관성 소화불량이라 했다 과식하지 말라는 경고를 무시하지는 않았으나

밥상을 차리는 일이 좋았다 부엌에서 자르고 토막치고 지지고 볶는 일에 불이 붙었으므로 새로운 요리를 하기로 한다 칼 소리가 경쾌하게 둥둥 떠오른다 그래봤자 물 베기라는 칼을 몸속을 수없이 드나들며 후벼 파고 찌르던 칼을

오늘은 부엌 구석에 쪼그리고 앉아 울던 칼로 다 해치울 수 있다 공중으로 날아오른 칼날이 날카롭게 번뜩인다 칼싸움이 시작되었다 이것을

우아한 칼춤이라 하자

너무 재미있어 고단하지 않은 맛없어도 서운하지 않은 요리들 한 상 가득 핏빛으로 정갈하게 차린다

동티

꿈에 빗소리가 들릴 때면 산을 내려오는 내가 보인다

동수나무를 지나 으스스한 당집 앞을 빠르게 지나간다 오싹하게 소름이 돋을 즈음 거짓처럼 달이 뜬다 주인 없는 방앗간을 지나 정자 모퉁이를 돌아서 낡고 허름한 우리 집에 도착했을 때

헛간 옆 베어낸 대추나무 아래 모가지를 길게 뺀 당신이 있다

이건 꿈일 거야
잠속에서 잠들지 못하는 마음이 술렁인다
덜 익은 대추가 발아래로 무섭게 쏟아진다

그래 이건 분명 꿈이란다
나쁜 일은 영원히 생기지 않아
눈을 감았다 뜨는 사이 하룻밤은 지나간단다
조근조근 당신의 눈빛이 하염없다

세상 모든 걱정 내려놓고 나 행복하라고 당신을 가까이 데려온다

행복 같은 것이 아니라 정말 행복한 것

>

누군가의 마음을 훔치는 잠
아주 오래된 이야기가 귀를 적시는 꿈을 꾼다

나나

이렇게 살다 죽는 건 허무할 수 있으므로 오늘은 또 어떻게 보내나 생각에 잠긴다

식탁에 앉아 마른 빵조각을 씹으며 철 지난 잡지를 뒤적이다가 맑은 눈과 조그마한 입술을 가진 여자가 걸어 나올 때

생각해보니 오늘은 처리해야 할 중요한 일이 있어 너를 부르기로 한다 나나

나는 기꺼이 스모키 화장을 하고 허스키한 목소리를 가진 네가 되기로 한다 원하는 걸 얻기 위해서 잔인해질 필요가 있어 너는 완전한 내가 되어줘 약속 하나를 하기 위해 약속 하나를 지우며 유혹의 말을 하려고 해

나는 너를 믿고 따르기로 한다 치명적인 매력을 가진 너의 협조가 필요해

나의 중요한 일에 대해 그 규모에 대해 상상하지 마

오늘만큼은 나를 위해서 너를 위해서 우리를 위해서 누군가를 죽일 거야 잠긴 금고를 열어 서류를 빼돌리고 봉인을

해제하고 말테야 나나

너의 저력에 대해 놀라지 않으려 해 네가 된 나를 눈치채지 못하도록 무수한 네가 내 안에서 쏟아지면 좋겠어

지금은 아침 이건 꿈에서나 이룰 수 있는 일이라고 온 힘을 다해 너를 내리누르는데 불순한 너를 잊기로 하는데

어느새 만반의 준비를 한 네가 튀어나온다 나나

너는 총알 한 발을 장전한다

이제 시작해 볼까 예민한 목소리가 주저 없이 총구를 노려본다

방아쇠를 잡아당길 네 손가락에 갈가리 찢긴 심장이 달라붙는다 온몸의 감각을 열어 팽팽한 바람을 가르고

빵

나는 눈을 질끈 감았다 뜬다 다음 차례는 누구지?

눈물의 탄생

뜨거움이 몰려온다 이런 이런

너는 눈을 빌려줘야 할 거야 그 눈 속에 꾹꾹 몸을 구겨 넣고 맑고 깨끗하게 다 보이는 건 싫어 그러면 정말 부끄러울 것 같아 제발 울지는 말자 숨었다가 고였다가 삼켰다가

괜찮아

무심함이 뺨을 후려친다 화끈거린다 퉁퉁 붓는다 손으로 빠르게 문지르며 새로운 눈 코 입 귀를 만든다 얼굴이 단단해진다

눈물은 펑펑 남아도는데
아무도 모르는 곳에서 꺼내먹을 때 상하지 않게 적당히 짰으면 해

마침내 터져 나오려는 울음소리
물을 가득 품은 눈이 마지막까지 입을 틀어막는다

너는 뜨거워지고
얼어붙은 심장은 녹는다

>

삼켰던 물소리가 들썩인다
속눈썹 끝에 달라붙어 커지는 물방울들
눈을 감아도 계속 쏟아진다

오늘

달력에서 오늘 하나를 지운다

문구사에서 선물가게에서 살 수 있지만 똑같은 시간이면서 똑같지 않은 시간

사라진 뒷면이 꿈틀거린다 울퉁불퉁하다 얼룩덜룩하다

쓰지 않아도 저절로 소진되는 나는 날마다 죽고 내가 죽은 만큼 나는 다시 태어난다 똑같은 코 똑같은 귀는 마음에 들지 않아 날카로운 이빨과 붉은 혀를 가진 얼굴을 골라 쓸까 결심하는 순간 오늘은 무더기로 쏟아지고

안녕

그래서 그리하여 그럼에도 안녕

기억나지 않는 오늘은 어디로 갔을까 사라진 오늘로부터 사라질 오늘이 될 때까지 달력을 찢으며 지우며 반복한다

빽빽한 오늘이 어제의 욕심으로 그제의 생각으로 다가온다

돌아보면 쉽고 만만했던 하루는 완전한 실패

>

뭐든 잘 될 것 같아 시시콜콜 누가 알까 하루를 보내는 방법은 제각각 아직 남겨둔 이 세계의 웃음을 한 번 더 써 보고 말테야 헝클어진 머리를 질끈 묶는다

함부로 상처받지 않아 시계는 멈추지 않지 지나온 시간은 멀리 앞서가고

어제의 오늘이 오늘의 오늘이 내일의 오늘이 뛰고 뛰고 또 뛰며 불량하게 달려온다

웃음 쇼핑

나는 웃기 위해 태어난 사람

웃음을 사려고 쇼핑하는 사람

웃자 웃으면 복이 와 웃는 얼굴에 침 못 뱉지

모든 것은 웃음으로 통하지

카트를 밀며 사방팔방으로 찾아다니고

그래 웃을 거야 웃어야지 웃고 말 테야

오늘의 위대한 결심이 눈을 뚫고 입술 사이로 흐르는 동안

정말 놀라워 정말 대단해 세 번이나 돌고 돌았는데 여기 쌓여있었네

카트는 어느새 넘치고 바코드 찍으며 캐셔는 말하지

웃음은 계속 진열됩니다 언제든지 살 수 있어요

비밀은 영영 누설된다는 사실에

웃음은 나를 좋아해

혼잣말 되뇌며 얼굴 가득 웃음을 담는다

폭우

안녕? 너는 나의 안녕을 묻는다

밤 깊도록 비는 심장 가까이로 쏟아지고 파문을 일으키는 빗방울에 붙잡혀 울음 없이도 울음으로 가득한 밤이다

이런 날들을 견딘 어른스러움에 대해 이런 날들을 용서한 다행스러움에 대해 너는 다시 그때의 눈빛으로 나의 안부를 묻는 것이다

잠들지 못한 밤은 빗줄기로 더욱 거세진다 떠나보내도 괜찮은 건 없다고 격렬하게 쏟아놓는다

오늘은 세상에 모든 밤들이 안녕하지 않았으면 그러므로 세상에 모든 일들을 용서하지 말았으면 입 밖으로 나오려는 대답을 빗소리에 묻는다

애인

잠 속으로 네가 들어온다
오늘 밤은 깊고 짧다

너에게 내 전부를 줄게
나는 너를 가지면 되니까

나는 최선을 다하고
너는 불성실하다

말없이 이불을 끌어다 덮으며
비밀이 많아진 네 등뼈를 만지며
뜨거워진다 여느 때와 다름없이
네가 옆에 있어도 네 기분을 생각한다

어제와 달리 오늘은 조금 더 은밀해져
바스락거리며 네 혀를 끌어당기지만
목구멍으로 스멀스멀 올라오는 것을 삼키며
너는 말을 아끼고

어둠 속에서
입을 벌리며 팔을 벌리며
현기증이 나도록 더듬어 닿고 싶은 너의 세계

반만이라도
절반만이라도 가지기로 한다

손가락으로 조심스럽게 끌어당겨
네 몸에서 흘러나오는 목소리를 듣고 있을 때
오늘보다 더 감각적일 너의 내일을 기다리라 한다
너는 또 지킬 수 없는 약속을 남발한다

커튼콜

한가한 일요일 오후 이야기는
이야기는 시작된다 아주 많이 늦은 첫 끼를 먹고 밀린 빨래를 하고 느긋하게 앉아 커피를 마시는 것이 오랜만의 일이다

나무들 사이로 새 한 마리 날아간다
너무 오래 생각하지 말아야 해 새를
나뭇가지에 잠시 앉았다가는 바람쯤으로 생각해야겠지

창밖에는
개 한 마리가 어떤 여자를 데리고 지나간다
또 다른 여자는 나무에 기대 오래도록 앉아있다
중요한 생각을 떠올려 본다
누군가에게 말하려다 그만 둔다

거실은 환하고 거실에서는 아주 많은 햇살 냄새가 나
커튼을 닫고

잠깐 누웠다가 잠이 든다
중요한 건 없어 아주 간단히 쉽게 살아야지
아무런 비밀이 없는데 비밀이 자꾸 굴러간다
어째서 나를 이 햇살 속으로 데려왔을까 생각할 때

>

시간이 많이 지났다고 흔들어 깨운다 그리고 다시
커튼을 연다
새들이 전선 위에 줄지어 앉았다 날아간다 창밖에는 나무
들이 있다 아주 많은 나무들이

한동안 말없이 가만히 앉아있었다 햇살에 저녁이 내린다
모든 것이 알 수 없는 일이지만 나쁘지 않았다

니힐

— 청춘밥집에서

대낮 여자 둘이 소주 세 병을 비운다 그들의 말소리가 흘러서 내 몸에 담긴다

먹다 남긴 제육볶음이 철판 위에서 식는 동안 문밖에는 비가 내린다 빗소리에 맞추어 다시 주거니 받거니

불콰하게 번지는 그녀들의 냄새가 즐거운 일을 계획한다

거울을 꺼내 들고 눈 살짝 찢고 코도 좀 높이고 턱은 얼마쯤 깎을까

처음부터 끝까지 유혈 낭자하다

밖에서는 자꾸만 비가 내린다 환한 대낮을 잡아먹은 비다

옆 테이블로 꽂히는 눈을 커지는 귀를 메뉴판으로 잡아당긴다 전메뉴 1인 5000원 사이드메뉴 3000원 공기밥 볶음밥 무료 제공 무한 리필

뭘 먹지 직원이 오기 전에 결정해야 한다 하지만 메뉴가 너무 많아 쉽지 않은

>

먹다만 접시가 쌓여가는 동안 하다만 이야기를 쌓아 올리는 사이 쓸데없는 생각을 꿀꺽 삼키며

난데없이 낯선 쓸쓸함 속으로 끌고 가는 필름을 뭉텅 끊어 되돌리고 싶은

여기는 밥 잘한다는 청춘밥집이다

빨리 비가 그치면 좋겠다고 생각하는 청량한 여름날이다

3부

어제의 햇살을 밟고 기쁜 오늘이 지나간다

절판

천변 벤치에서 책을 읽네 내가 사랑한 남자의 사랑이야기였네 책 속에 파릇한 청년 하나 걷고 있었네 눈망울이 깊고 맑아 시내를 이루었네 그 냇물에 발을 담그며 참방거렸네 햇살이 따사로운 한나절 물장구치며 기다렸네

그는 오지 않고 나는 오래도록 그대로 있었네

하늘 가득 별이 돋았네 나는 밤늦도록 별을 닦았네 물속으로 떨어지는 별을 함께 주울 수 있다면 그의 눈빛을 잊을 수 없네 어두울수록 더 빛나는 눈 모든 어둠에는 이유가 있다던 입술은 보이지 않네 그의 말은 간결했지만 강렬했었네 지울 수 없는 단락을 읽으며 혼잣말을 하네

별은 언제까지나 빛나는 거야

수수께끼 같은 글자들이 지나가네 얼굴 위로 풀리지 않는 문장들이 일어서네 문장의 바깥에서 그를 미워한 적 있었네 한 사람을 사랑하는 일보다 미워하는 일은 참 쉬웠네 소리를 잃은 말들이 소란스러워지네 더 이상 이 세상이 만들지 않는 책을 벤치마다 펼쳐두고 생각하네

집으로 가자

>

지워도 지워지지 않는 얼굴로 지워져도 알아보는 얼굴로 발자국들 묻으며

나 이제 집으로 가네

엔딩 크레딧

누군가의 울고 웃는 소리가 무릎에 귀를 대고 눕는다
그 소리를 자세히 듣는 동안 비루하고 남루한 무릎을 꿇는다

첫 번째 기도는 나를 위해
두 번째 기도도 나를 위해
세 번째 기도마저 나를 위해

어제의 소리와 햇살을 밟고
가끔씩 기쁜 오늘이 지나간다
너를 떠나보내는 이런 시간이 좋아
마지막이란 없다라는 말을 믿고 싶지 않아
네 그림자가 흔들려 오늘은 자꾸 몰려오고
최선을 다해 사랑했으므로
스위치를 끄며 오늘을 닫는다
멈춘 듯 내일이 오고
멈춘 듯 내가 내일로 간다

고마워
오늘을 축복해
안녕
안녕히

미필적 고의

조심해 네 혀를 싹둑 잘라버릴 거니까

너는 크고 무성한 말을 키운다 갖다 붙일 사연이 많은 건 너에게 얼마나 다행인지

내 말 좀 들어봐 진짜보다 더 진짜 같은 말이야 나 아닌 다른 사람 따윈 안중에도 없는 말이야 언제 싹텄는지 몰라 어디에 뿌리를 내렸는지도 모르지 어떻게 줄기에서 가지로 뻗었는지 알 수 없는 말이라니까 하지만 믿어도 좋은 말이야 상상하게 하는 훌륭한 말이니까

너는 선명한 잎사귀를 흔들며 속삭거린다 진초록 잎사귀가 내는 소리에 귀들이 모인다 바짝 붙은 귀들은 길쭉하게 퍼져나가 다른 귀들을 불러들인다

네 혀는 점점 자라 재빠르게 날름거린다 터진 입이라고 막아도 막아도 어떻게든 쏟아낸다

너의 마음은 입 안 어디에도 없다 다음 말로 다다음 말을 밀어올려 서늘한 그늘을 키운다 너는 꺼낼 마음이 없으므로 다시 말하지만

가위를 찾으면 네 혀를 가차 없이 자를 것이다

악몽

— 저녁이 오는 시간

누가 부르나 왜 자꾸 부르나 어디에서 부르나 커진 귀를 더 크게 잡아당기며 문을 찾아다닌다

이런 문이 없잖아 처음부터 문이 없었던 게 분명해 방과 방 사이 무수한 방만 있을 뿐

느닷없이 내뱉은 말이 꼬리에 꼬리를 물고 천장으로 기둥으로 벽으로 들어간다 흔적 없이 사라진다 세상에 방이란 방은 다 문을 만들다 말았나

귓속은 손짓으로 넘쳐난다 달콤한 냄새가 흐른다 모호한 얼굴이 분주히 뛰어다닌다

멈춘 듯 저녁이 오고 저녁을 잡아당긴다. 삐그덕 문이 열린다 문이 있는 줄 몰랐다는 듯이

문을 두드리며 들어온다 발가락을 간지럽혀 몸을 일으킨다 누굴까 문 밖에서

발그레 물든 저녁이 내려다보고 있다 희미해진 햇살이 기척도 없이 방을 걸어 다니고 있다 나무 한 그루 제 가지를 흔들자 바람이 뒤척인다 파르르 떨던 이파리 뭐 기억나는

일이 없나 수런대는 나무에서 나무로 비밀스런 하루가 저문다

서둘러 문을 닫는다

잠들지 않는 방

이 방은 숲속에 있다

책의 낱장을 찢어 비행기를 만들어 날리자
아무도 모르는 이야기가 시작된다
자꾸만 떠다니는 글씨들
너무도 많은 밑줄이 지나간다

문이 끝없이 달린 긴 복도
초록색 문이 햇빛을 잡아당긴다
바싹 마른 씨앗들이 쏟아지고

몸에 싹이 돋는다
손을 뻗어 가만히 잡아본다
가지들이 가지를 키운다
때마침 한줄기 비가 내린다
죽지 말라고
무성하게 크라고

머리 위로 씽씽 마녀의 빗자루가 날아다니는
여기는 숲속
아기는 소녀가 되고 소녀는 아가씨가 되고 아가씨는

지루하도록 밤은 깊고 길어
몇 개의 문장을 버무려
내일의 날씨와 운세를 점친다
의심도 없이
비밀이 자꾸 늘어난다

삐끗

내리막길 내려오다
삐끗

휘청거리는 찰나

잃어버린 균형을 찾으려고 발목에 힘을 주니까
힘이 몸속에 갇히지 않으려고
기어코 빠져나가려고

발을 미끄러트려 넘어지게 한다

발보다 먼저
몸을 바닥에 닿게 한
몸을 사라지게 한
이 찰나를 기억하는 것, 하여

누구에게나 보이고 싶지 않은
누구나 볼 수 있는
누구도 보지 않을 수 있는
앞길의 낙차落差를 몸으로 쓴 날이라고 해야겠다

괜찮아

적당히 힘 빼고
천천히
다시 걸어보는 거야

화끈거리며 납작해진 엉덩이를 찾아
길바닥에 흩어진 소리 긁어모으느라 커진 귀를 찾아
제멋대로 돌아다니는 눈알을 찾아

요동치던 심장을 제 자리에 붙이고

몸속에 들러붙은 내리막길을
열나며 부은 발이 끌고 내려온다

빨강

빨강, 윙윙거리는 빨강, 펄럭이는 빨강, 보지 않아도 만져지는 빨강, 듣지 않아도 들리는 빨강, 그냥 지나치려한 빨강, 나를 바라보는 빨강, 나에게 다가오는 빨강, 점점 물들이는 빨강, 함께 걸어가려는 빨강, 쿵쿵 발소리 커지는 빨강, 인정사정없이 심장을 뒤흔드는 빨강, 기억없는 시간을 마구 쏟아내는 빨강, 난 널 몰라, 매몰찬 빨강, 소리가 소리를 낳는 빨강, 구멍이면 어디든 찾아드는 빨강, 좁은 목구멍을 뒤틀어 자꾸만 나를 뱉어내는 빨강, 고개를 쳐들고 컹컹 사납게 짖어대는 빨강, 멈춰선 나를 돌아보게 하는 빨강, 바짝 따라붙어 더 빨개지는 빨강, 온몸으로 퍼트리는 빨강, 화농을 터트려 불붙게 하는 빨강, 온통 빨강

모조리 삼키면 괜찮아질까! 징글징글한 빨강, 파랑으로 바꿔버릴까!

언제

언제 밥 한 번 먹어요
당신은 말했지요

언제가 언제일까

저녁이 어둑하게 찾아오고
언제 꼭 같이 밥을 먹자던 당신의 말이
비릿하게 다가올 때
골목 끝에서 퍼지는 고등어 굽는 냄새

어느새 당신의 손을 잡아끌어 밥상 앞에 앉히고
노릇하게 구운 고등어 한 접시 차렸지요
나는 그 자리에 주저앉아 살 속에 박힌 가시를 바르느라
여념이 없네요

당신도 나도 기약할 수 없는 언제라는 말
젓가락으로 하나씩 발라내며
함께 밥 먹자고
지금 당장 밥 먹자고
자꾸만 당신을 내게로 데려와요

흔들림의 세계

나뭇가지 끝에 새 한 마리 앉았다가 파닥이며 날아가는 것을 보았다
날개를 파르르 떨다가, 꽁지를 까닥까닥하다가 어딘가로 사라졌다
조금만 더 견뎌보자던 이파리들
햇살 속에 떨어지고
출렁, 나뭇가지가 흔들렸다

흔들림

온전히 잊히기 위해 간신히 남아있던
사라질 빛들이 남기는 마지막 울먹임 같은 것들을 풀어 놓으며
혼잣말하는 저녁이다, 자꾸만 아득해지는

번지는 감정들을 저녁 햇살 속으로 밀어 넣는다

뜨거운 것들을 넘는 바람의 높이도 아닌
초저녁 내리는 첫눈의 무게도 아닌
아무것도 아니어서 아무것이나 되는
오래도록 상상할 수 없던 것들을 향하여, 성큼

>

흔들리는 찰나

제발, 작은 목소리는 더 작은 목소리가 되어 돌아왔다

큰 새는 나무를 떠나고
잠시, 숨도 쉬지 않고 적막해지기로 했다

멀리서 작은 새가 높이 날다가
또 낮게 날다가
다시 높게 날아갔다

프레임

쓰레기를 버리러 가다가 엘리베이터에 갇혔다

15인승
1000Kg
버튼이 말을 듣지 않는다
꿈쩍 않는다

비상호출을 불이 나게 눌러보지만
단 한 걸음도 내디딜 수 없다
상한 냄새가 눈 코 입 귀를 열어젖히고 몸 구석구석에 담긴다

쪼그라든 심장이 간절한 마음으로 손 대신 온몸을 모으게 하는 순간이 무지막지하다

오늘처럼 어제의 그날들도 그랬다

버려야 할 것이 쌓이고 쌓이는 동안
불만이 넘치고
눈물이 차오르고
불안이 쏟아지고
거짓말은 늘고 늘어

새로운 답이 없어 진부한 질문만 찾던
점점 무거워지는 나를 빨리 버리고 싶었다

쿵쿵 발소리
알아듣지 못한 말이
벽을 뚫고 들어와 목을 조이는
낡고 녹슨 사각의 프레임에 갇혀
어제의 오늘이 열리기만 기다린다

틈

수술실 밖으로 나온 그의 몸에
세 개의 구멍이 뚫려있었다

좀처럼 틈을 보이지 않던 그가
틈을 허락했다

어떻게든 살기 위해 남몰래 허락한
거짓말처럼 취향을 바꾼 그를 더듬어 본다
심장이 녹아내리는, 가슴을 솟구치게 하는, 손끝에 달라붙는 아찔함으로 세상 모르게 잠든, 온몸을 불 지르며 뜨겁게 부르는

뾰족한 이빨과 날카로운 발톱을 치켜세우던 한때를 버리고 가장 순한 짐승이 되어 야생에서 돌아올 길을 꿈꾸는

오늘의 그는 어제의 그가 아니다

4부

슬픔의 모서리를 지우개로 문지르다

연우連雨

누군가를 젖게 하기 위해 태어나는 운명이라니

눈동자 속에 하늘을 그려놓고
오래도록 만지작거리면 구름이 도착한다
비뚤어진 감정으로 한 입 베어 물면
몸을 비트는 구름

슬픔의 모서리를 지우개로 쓱쓱 문지르며

오지 않겠다던
오지 않을 것 같던
구름이 떼로 몰려들어
방향을 바꾸지 못한 빗방울 쏟아진다

비는 오고
비는 오고
비는 또 오고

무슨 소리 들리나
가슴 두드리는 소리에 귀는 그렁그렁 젖어
슬픔을 말리다 한 생애가 저물지도 모른다

당신과 나 사이
— 표절

생각이 머리카락을 한 움큼씩 뽑아내죠 손톱은 눈 깜짝할 사이에 자라고

날마다 새로워지기 위해 당신에게서 모방을 배우는 거예요 당신은 다가갈수록 더 멀어지고 결국 보이지 않게 되는 거죠

덥석 껴안을 수만은 없었어요 어색한 손이 날카로운 눈빛을 불러 세웠기 때문이에요 용기가 없어 감춰 둔 모습에 대해 말하지 않기로 해요

침묵은 사라지고 수다는 점점 부풀어 오르네요 그래서 찾지 않기로 묻지 않기로

완전하게 하나가 될 때 다 똑 같을 수 없다는 것을 인정하게 될까요? 곧 다가올 계절처럼 당신은 또 새로워지고 있는 건가요?

비밀이란 이런 거예요

당신이 새로울수록 더 좋아져요 당신 앞에 무릎을 꿇는 치명적인 순간이 오면 좋겠어요

불면

눈을 감고 눈 안에 눈동자를 불러 세운다

속눈썹 하나가 어딘가에 떨어져 있을 것 같아
또 하나의 속눈썹을 뽑으며
온몸으로
어둠을 끈질기게 밀어내며
어둠을 팽팽하게 잡아당기며

뼈와 실핏줄까지 파고들었던 붉은 눈이
아직도 어둠의 가장자리에 그렁그렁 매달려 있는지
베개 밑으로 흐르지는 않을까
침대 밑에 팔을 늘어지게 하는
발가락에 붙어 꼼지락거리는

매번 생각이 많아
어김없이 당황한 눈이
바닥을 동그랗게 만들어 등을 붙이고
시간을 버리는
그러나 시간을 못 버리는

오늘은 아예 눈꺼풀로 속눈썹을 잘라내며
나른하고 오래된 잠을 부른다

꽃무늬 빤스

빨랫줄에 걸린 꽃무늬 빤스
축축한 엉덩이 봄볕에 환하다

번개시장 좌판에서 검정비닐봉지에 쑤셔 넣으며
지폐 몇 장 들고 흥정했을 취향에 대해 생각한다
가장 은밀한 부분 들킬 것 같아
꽃으로 감춘 동물성에 대해 생각한다

시작은 부끄럽지만 끝은 분명한 자리
꽃잎이 비명을 지르며 사방으로 날아오르고
꽃잎 사이 벌 떼 찾아든다

자세를 바꿔볼까
바람이 담장 너머 꽃무늬 빤스를 건드린다
뒤집었다가 눕혔다가 밀었다가 끌어당겼다가
실루엣 육감적이다

햇볕과 바람을 삼킨 엄마의 꽃무늬 빤스
그 숨결 절정이다

부전不全*을 생각함

차창이 어둠으로 풍경을 지우는
청량리발 부전**행 기차 안에서
이어폰으로 사랑은 늘 도망가***를 듣고 있을 때였다

"오빠를 얼마만큼 사랑해?"
"얼마만큼 사랑하는지 큰소리로 말해 봐"
옆자리에서 들려오는 남자의 목소리
여자는 눈을 흘기며 주먹으로 남자의 가슴을 가볍게 친다

수많은 사람이 스쳤던 자리에 앉아
확신은 아름다운 것이라는 생각을 하며
약간의 의심은 더 아름다운 것이라는 생각을 하며

그들의 말을 엿들은 죄로 나는
생면부지 남자의 여자가 되어 보기로 한다
끼고 있던 이어폰 한쪽을 건네고
사랑은 늘 도망가를 함께 들으며
기차가 터널을 지나 산을 넘고 강을 건너는 동안
남자에게 묻는다
오빠는 나 얼마만큼 사랑해?
대답하려는 순간
안내방송이 영주를 알린다

나는 그 남자와의 인연을 서둘러 끝내기로 한다
재빠르게 이어폰을 넣고 가방을 챙겨
부전행 기차에서 내린다

돌아보며 그 남자에게 말한다
부전까지 안녕히 가시라

기차가 몸을 비틀며 끌어당긴다 사랑이 도망 못 가도록

* 전부가 아닌 일부분.
** 부산광역시 부산진구 부전동에 있는 기차역.
*** 가수 이문세의 노래.

영화관에서

모르는 사람이 지나가고 모르는 사람 옆에 앉아 얼굴이 바뀐 사람이 되어

들리지 않던 말이 들리고 열리지 않던 문은 열리는데

영화가 시작되고

스크린은 말이 되지 않는 말을 하고 열 수 없는 문을 닫는다

오랜 연인처럼 무심하게 긴 여행에서 돌아온 사람처럼 조금은 어색하게 살갗을 잡아당기며 구겨졌다가 펴졌다가 얼얼해졌다가 환해졌다가

자꾸 얼굴이 바뀐 사람으로 태어나고 또 다시 모르는 사람으로 태어나고

동그란 눈알들이 떠다니고 생각에 잠긴 귀들이 점점 커지는 하나의 입술이 사라지면 또 다른 입술이 나타나는 시크하게 도도하게 빠르게 왔다가 사라지는 얼굴들 모호하거나 사랑스럽거나 부끄럽지 않거나

오그라든 살과 단단해진 뼈가 느닷없이 눈물을 흘리고 얼

굴은 갑자기 사라지고 어쩔 줄 몰라 이래야 사람이지 눈물은 희망적인 거야 더 많은 눈물이 필요해 사라진 얼굴을 찾아 결연한 웃음이 터지는 사이

스크린에 알 수 없는 이름들이 올라가고 알 것 같은 이름들도 올라가고

불이 켜지면

모르는 사람들은 모르는 사람끼리 가까워지고 가까워진 마음은 말을 아끼며 문밖으로 함께 걸어 나온다

분리수거

뜯겨진 씽크대를 보며
너를 생각했다

고민한 적 있다 너를 버리기 위해 어떤 방법으로 버릴 것인가 안전하게 분리해 잘 버릴 수 있기를

손잡이를 잡아당기면
문이 열리기도 하고
손잡이를 밀면
문이 닫히기도 했던

떨어진 문짝 사이로 내밀한 이야기가 흘러나와 자꾸만 매만지던

견고한 붙박이의 속성은 견딤이라고
씽크대 앞에서 자발적으로 했을 그날의 요리

도마에 꽂히는 칼 소리 고해성사하듯 조심스럽게 그 고백 숭덩숭덩 잘리지 않도록 싱싱한 야채 씻은 물 소용돌이치며 끝내 맑은 시내로 흘러가도록 깨끗하고 투명한 물방울로 닿아 황홀하게 그 황홀함으로 소름 돋는 순수의 살갗 그 소름까지 냄비에 담아 넘치지 않게 끓이는 화기의 저녁

>

한 자리에서 꿈쩍 않던 너처럼
칼질하는 손에 물소리 흐르던 나처럼

그칠 듯 그치지 않고 종일 비는 내려
뜯겨진 씽크대가 퉁퉁 불어터진다

벽

내게 벽이 있다고 했나요?

그래요, 나는 문도 창문도 없이 단단하고 높아요
벽에 문을 만드는 건 경계에 대한 배반이라고

하지만 비겁하게도 나를 통과했던 빛과 물과 바람과 음식들까지 다 벽을 넘어 벽 밖으로 향하고 있었던 거지요

뱉어냈던 말의 찌꺼기들 아주 작은 씨앗이 되어 벽을 넘을 때

해를 바라보는 일, 꽃이 피는 속도에 맞춰 걷는 일, 그 향기가 둥글게 굴러가는 소리 듣는 일, 결코 닿을 것 같지 않은 나무에게로 경쾌하게 걸어가는 일이라고 말할래요

벽의 밖을 본 적 없는 당신은
그냥 나뭇가지가 흔들린다 말하고
물이 스민 뿌리를 보지 못한 당신은
다만 꽃이 피었다 말하는데

당신에게는 아직도 벽이 없다고 생각하시는지요?

없는 사람

한 줌 소금처럼, 한 줌 설탕처럼, 한 줌 후추처럼
뭔가 더하고 싶을 때나 뭔가 새로워지고 싶을 때
어딘가로 이끌려가는 허황된 상상을 한다
상상만으로도 견디기 어려운 슬픔이 몰려온다

슬픔의 방식

너에게 관심이 많아

슬픔 가까이에서 슬픔을 묻히며 놀고 놀이는 생각보다 중독성이 있다

잠길 듯 잠길 듯 위험 수위는 어디쯤일까

몸은 젖고 핏발 선 눈동자가 바글바글

마치 다 알고 있다는 듯 너는

단순한 게임과 달라 힘을 빼고 몸을 맡겨야 해 익숙하게 쓰러지는 법도 알아야 하지 그래야 다시 살아날 수 있어 슬픔은 강하지 반대편에 몸을 숨겨도 소용없어 완전히 슬퍼져야 가능한 감정들이 있는 거거든

내 안에 있는 것은 그런 것이 아니다 놀이는 재미없고 게임은 지루해진다

클릭

의도적인 버그

>

너는 순식간에 사라지고 너 없는 게임은 만만해진다

무엇보다 죽이고 싶던 이름을 제거하면

게임 오버

또 다시 시작 버튼은 깜빡이는데

걱정인형

또 무서운 꿈을 꾼 모양이구나

이리 온 안아 줄게 울지 말거라 몸이 펄펄 끓는구나 이런 새가슴 되어 떨고 있구나 누가 때리기라도 하던 말해 보렴 아무 말이나 막 하면 어때 소리쳐도 된단다 밤은 원래 캄캄하고 유령 따윈 없단다

가엽기도 하지 바나나 대신 도깨비가 주렁주렁 매달린 나무를 봤니 잎사귀는 하나 없고 도깨비 뿔만 보이던 뾰족한 이빨을 가진 늑대가 무섭게 웃고 있었니 아마도 시계는 멈춰있었을 테지 귀가 짧은 토끼 빨리 뛰는 거북이가 널 쫓아오던 헬리콥터를 탔는데도 날아가지 않던 걱정 마 너는 착하고 예쁜 아가니까

코 자자 꿈속에서 우리 만날까 엄마는 놀이터에서 기다릴 거야 아가 부르면 네 큰소리로 대답 하렴 딸기 맛 사탕을 줄게 달콤한 막대사탕을 빨며 너는 까르르 웃을 거야 웃음은 노래를 부르며 그네를 타겠지 노래 소리는 힘차게 그네를 밀 거고 하늘 끝까지 닿았다가 천천히 내려올 거란다 몽실몽실한 양을 만질 수도 있고 코끼리 등에 올라탈 수도 있겠지 어쩜 팅거벨이 되어 날아다닐 지도 몰라

>

가물가물한 눈에서 잠이 뚝뚝 떨어지는구나 꼼지락거리는 손안으로 쏟아지는구나

아가 이제 자장 자장 자장

해설

맹목의 시학

김미라 문학평론가

맹목의 시학

김미라 문학평론가

시인 이경숙의 오늘은 '어제의 살결을 만지는 것'으로 시작한다. 깊은 겨울, 줄곧 턱을 괴고 앉아 오래된 눈사람과 오지 않은 눈 사이에서 '골똘'해지곤 한다. 그는 시집『눈물의 탄생』을 통해 지성주의적 질서를 거부하고 관능적 지각을 통해 사유한다. 시인이 세계를 이해하는 방식은 과거와 미래를 동시에 지각하는 '몸'이다. 그의 감각은 전방위적으로 부채살처럼 퍼져 나간다. 사랑의 체험이 이동하고 다시 시작하고 되풀이되면서 각기 다른 모습으로 나타난다. 사랑을 향한 그의 욕망은 강제된 죽음 속에서도 죽지 않고 끊임없이 되살아난다. 이로써 사랑은 시인에게 삶의 전부가 아닐까 짐작해 보게 한다.

그래서일까. 시인의 우물 속에 던진 두레박 속에서 연민 같은 것들이 딸려 나온다. "견고한 붙박이의 속성은 견딤이라고/ 싱크대 앞에서 자발적으로 했을 그날의 요리"(「분리수거」)와 같이 그가 견디어 온 삶의 흔적들을 만나는 순간

가슴이 먹먹해진다. 삶의 완성은 성취에 있는 것이 아니라 지나온 시간으로 이뤄져 가는 일이라 믿어지기 때문이다. 그의 시간이 묻어나는 시편들을 대하는 일은 각각의 스토리를 품은 빈티지 가구를 소개받은 듯, 시인에 대한 존경과 사랑을 나누는 일이 된다.

므네모시네의 램프

화가 가브리엘 로제티의 그림(Dante Gabriel Rossetti, 1876~1881, 〈므네모시네 여신〉)에는 여신 므네모시네가 손에 램프를 들고 있는 모습이 담겨 있다. '기억 혹은 회상Ricordanza'이라는 뜻의 이름을 가진 여신의 손에 등불이 들려있다는 것은 우리에게는 의미심장한 일이다. 그가 삶의 거대한 아카이브라 할 수 있는 인간의 몸 구석구석 등불을 들고 밝혀 보이는 일은 곧 '기억'을 호출해 내는 일이고, 제우스와의 사이에서 아홉 명의 뮤즈를 낳아 이들이 각기 다양한 형태로 작가에게 영감을 주기 때문이다. 이 신화들은 므네모시네가 거의 최초의 신들인 하늘과 땅의 딸이라는 점에서 '기억'의 중요성을 실감케 하는 상상력의 결과물이라고 할 수 있다. 그렇다면 시인의 삶에서 기억은 어떤 모습으로 다가오는 것일까.

> 문을 두드리며 들어온 발가락을 간지렵혀 몸을 일으킨다
> 누굴까 문 밖에서
>
> — 「악몽 —저녁이 오는 시간」 부분

잠들지 못한 밤은 빗줄기로 더욱 거세진다. 떠나보내도 괜찮은 건 없다고 격렬하게 쏟아놓는다

—「폭우」 부분

사라진 뒷면이 꿈틀거린다 울퉁불퉁하다 얼룩덜룩하다

—「오늘」 부분

모조리 삼키면 괜찮아질까! 징글징글한 빨강

—「빨강」 부분

세상에 모든 밤들이 안녕하지 않았으면 그러므로 세상에 모든 일들을 용서하지 말았으면

—「폭우」 부분

아무것도 모른 채 내가 나를 삼키던 날의 연속이었다. 어제의 그날은 늘 뒤늦게 도착했다.

—「고스트라이터」 부분

그것들은 화자의 '오늘'에 다양한 형태로 들어와 묵직한 질감으로 '배어' 있다. 또한 고르지 못한 어제의 그 날들은 언제나 뒤늦게 도착해 있다. 화자에게 현재는 기억으로 지각知覺되기 때문이다. 데리다에게 기억인 의식은 언제나 지각遲刻한다. 지각 작용은 시간의 흐름 속에 놓여 있는 의식의 과정이다. 첫 번째로 나타남과 두 번째로 나타남이 갖는 내용은 서로 구별되는데, 첫 번째 지각을 하는 순간에 두 번째 지각은 아직 오지 않은 지금인 반면, 두 번째 지각을 하

는 순간 첫 번째 지각은 이미 지나간 지금이다. 지각 작용과 마찬가지로 내재적 내용 역시 시간의 흐름 속에 있을 수밖에 없다. 그래서 의식은 언제나 현재의 순간에 늦게 도착한다. 그러므로 의식은 현재를 결코 현재로서 의식할 수 없다. 의식이 현재를 과거로서만 의식한다는 것은 곧 의식이 현재를 '기억'한다는 의미이고, 그러므로 의식은 언제나 '기억'이다.

> 휘청거리는 찰나
> (…)
> 발보다 먼저/ 몸을 바닥에 닿게 한/ 몸을 사라지게 한/ 이 찰나를 기억하는 것, 하여
> (…)
> 앞길의 낙차落差를 몸으로 쓴 날
> —「삐끗」 부분

데리다는 그림을 그린다는 것이 오직 맹인이라는 조건하에서만 가능한 것은 아닌지를 묻는다. 보지 못함이 그림을 그리는 것을 가능하게 하는 하나의 조건이라는 것이다. 그리는 사람은 그림을 그리는 도구가 찌르고 있는 지점을 보지 못한다. 못 보는 이유는 그가 자신의 현재 순간과 결코 일치할 수 없기 때문이다. 이는 곧 그 지점에 대해서 맹목盲目적이라는 말이다. 화가가 자기 자신을 그릴 때, 그리는 순간 자기 자신을 보지 못하는 것과 같다. 자화상이 자신의 모습을 거울을 통해 본 후에야 그 기억을 토대로 그리는 '기억의 작업'이듯이 시인에게도 역시 펜의 끝부분, 즉 '근원적

인 지점'은 언제나 비-가시적이다. 그 지점은 언제나 글쓰는 이를 피해서 도망간다. 물론 시인은 현재의 찌르는 순간에 볼 수 없었던 그 지점을 나중에야 다시 볼 수 있다("몸을 사라지게 한/ 이 찰나를 기억하는 것"). 이런 의미에서 우리 모두는 보지 못한다. 기억한다. 그리고 다시 본다. 만일 의식이 무언가를 본다면, 그 '봄'은 기억에 다름 아니다. '몸을 사라지게 한' '그 찰나'를 기억하는 것! 그것이 '다시 보는' 것에서 시쓰기로 이어지는 것이다. 그것들을 몸으로 기록하게 하는 일이다("앞길의 낙차落差를 몸으로 쓴 날").

> 사라진 뒷면이 꿈틀거린다 울퉁불퉁하다 얼룩덜룩하다
>
> ―「오늘」 부분

> 뒤꿈치를 든 맨발은 고요의 소리를 따라 걸어 다니고 어리둥절한 눈은 하얀 얼굴을 쓸어내리며 어제의 살결을 만진다
>
> ―「오늘의 시작」 부분

> 시계는 멈추지 않지 지나온 시간은 멀리 앞서가고
>
> ―「오늘」 부분

> 어제의 소리와 햇살을 밟고/ 가끔씩 기쁜 오늘이 지나간다/ 너를 떠나보내는 이런 시간이 좋아
>
> ―「엔딩 크레딧」 부분

지각 작용이 내적 시간의 흐름 속에 놓여 있다면 그 시간

의식은 매 순간이 지속일 것이다. 우리는 현재에 대한 지각으로서의 지금이야말로 진정한 지금이라고 생각할지 모르지만, 현재를 점적인 순간으로 이해하는 것을 거부하는 후설의 시간론에 따르면, 오히려 더 이상 지금이 아닌 것에 대한 의식, 즉 파지적(과거에 대한 지각) 연속으로서의 지금이야말로 진정한 지금이다. 구체적인 현재는 그러므로 언제나 지속이자 연장일 수밖에 없다.

위 시의 화자들은 '지금-이 시간' 과거와 미래의 시간 속에 있다. 우리 모두는 '현재the present'에 살고 있고, 언제나 '현재'에 살고 있었으며, 또 살아가게 될 것이다. 또한 지나간 사람의 '현재'는 우리에게는 '과거the past'이며, 우리의 '현재'는 미래의 사람에게는 '과거'가 될 것이다. 지속되고 확장되는 의식의 흐름 가운데 있는 위 시의 화자들과 같이 때로는 "기쁘"고, 때로는 "울퉁불퉁"하고 때로는 "얼룩덜룩"한 "오늘"을 만나고, "어리둥절"한 오늘을 시작하기도 할 것이다. 이 모든 '오늘'은 "멈추지 않"는 "시간" 속에서 "어제의 살결을 만지"는 시간으로부터 "멀리 앞서"가는 시간의 흐름 가운데 존재한다. 시인은 이 모든 '오늘'을 긍정한다("너를 떠나보내는 이런 시간이 좋아"—「엔딩 크레딧」). 그럼으로써 삶을 사랑한다는 것은, 삶이 어쩔 수 없이 동반하는 고통을 사랑하는 것임을 알려준다.

시집의 현재적 주체들은 각자가 품고 있는 원초적 기억들 사이를 통과함으로써 아픔과 절망과 슬픔으로부터 빠져나오고자 한다. 무언가를 극복하려는 일은, 그 무언가에 종속되어 있음을 의미한다. 만져지지 않는 기억들을 지금 이 자리에 불러내어 감각 해내는 일은 내적 치유의 시작일 수 있다. 그러나 그것은 무의식 속에 묻어두었던 상처들을 적극적으로 인정하는 것으로부터 출발한다. 시인에게 그런 순간들을 호출하게 하는 것은 바로 '몸'이다. 메를로 퐁티가 몸은 '근원적 표현'이라 명명했던 것처럼 몸은 표현 이전에 '존재'한다. 시적 주체들이 고도의 감응력으로 몸의 현상 곳곳에서 삶의 복잡다단한 사연들을 읽어낼 때 독자도 그의 몸과 하나가 된다. 그럴 때 슬픔과 고통과 기쁨 등의 곤핍감은 단순히 작품 속에 담겨 있는 것이 아니라, 시인의 삶 속에 '배어'있게 된다.

몸을 타고 흐르는 사랑의 욕망

우리는 사랑에 대해 말할 때 그것에 적합한 말을 하고 있을까? 그렇다면 거기에 적확한 말은 무엇인가? 사랑의 운명은 어쩌면 시간이 경과한 후에야 말할 수 있는 글쓰기와 같을지도 모른다. 사랑의 의미가 끊임없이 이동하고 방황하는 가운데에 있는 것이라면, 사랑의 시련은 언어의 시련을 불러들이는 일이다. 사랑은 모순투성이고 모호하기 짝이 없는, 의미가 무한한 동시에 완전히 소멸되고야 마는 것이다.

시인에게 사랑은 이렇게 시작되고 있다.

> 천변 벤치에 앉아 책을 읽네 내가 사랑한 남자의 사랑이야기였네
>
> —「절판」 부분

문을 열고 성큼 강물이 들어섭니다 강물에 붙잡혀 문이 꽁꽁 묶입니다

—「수몰」 부분

뜨거움이 몰려온다 이런 이런

—「눈물의 탄생」 부분

무수한 네가 내 안에서 쏟아지면 좋겠어

—「나나」 부분

그에게 사랑은 이러해야 한다.

"그가 누구든" "하루에도 열두 번씩 사라졌다 나타나는 나를 찾지 말아야" 하고, "내가 잠들었던 세상에서 불현듯 깨어나 떨어진 잠을 주울 줄" 알아야 하고, "그곳이 어디든" "짐짓 태연하게 걸어 나올 수 있어야" 한다. 그가 걷는 세상은 "희미하"고 "램프의 심지를 올리고 쓰다듬어줄 수 있어야" 하며, "램프 속에서 또 한세상이 흘러나오게 할 수 있어야" 한다. "잃어버려도 좋"지만, "당당함"이 있어야 하고, 또한 "부드러운 혀로 눈물방울을 핥는 은밀함도 있어야" 하기에 "모르는 곳에 새로운 방 하나 빌려줄 수 있"(「애인 구함」)는 그런 사람이어야 한다.

그런 사랑을 위해 시인은 오래된 잠을 부른다

"속눈썹 하나가 어딘가에 떨어져 있을 것 같아/또 하나의 속눈썹을 뽑으며/ 온몸으로/ 어둠을 끈질기게 밀어내며/ 어둠을 팽팽하게 잡아당기며" "시간을 버리는/ 그러나 시

간을 못 버리는" "눈꺼풀로 속눈썹을 잘라내며"

—「불면」 부분

그의 사랑을 향한 욕망은 잠 속에서 은밀하게 드러난다

"잠 속으로 네가 들어온다/오늘 밤은 깊고 짧다" "말없이 이불을 끌어다 덮으며/ 비밀이 많아진 네 등뼈를 만지며/ 뜨거워진다." "오늘은 조금 더 은밀해져" "네 혀를 끌어당기지만" "목구멍으로 스멀스멀 올라오는 것을 삼키며" "어둠 속에서/ 입을 벌리며, 팔을 벌리며/ 현기증이 나도록 더듬어 닿고 싶은 너의 세계/ 반만이라도/ 절반만이라도 가지기로 한다" "너는 또 지킬 수 없는 약속을 남발한다"

—「애인」 부분

살아있는 몸은 최고의 원초적 표현이다. 메를로 퐁티는 그의 저서 『지각의 현상학』을 통해 몸에 의거한 실존, 몸에 의거한 상호주체성을 다루면서 인간을 이해하는 데에 성이 근본적인 것임을 일러준다. 촉각적인 자극들이 몸에 말을 걸어오면 우리 몸은 성의 틀un schéma sexuel에 의해 지각하고, 자신의 몸을 성의 관계 속에 위치시킨다는 것이다. 따라서 지각되면서 몸과 하나를 이루는 대상들은 감정적으로affectif 힘을 발휘하게 된다. 지성이 성적인 행동을 통각할 때 관념하의 경험을 하는 데 반해, 욕망은 몸과 몸을 연결하면서 맹목적으로 그것을 이해한다. 때문에 관능적인 이해란, 지각이 지성의 질서에 속한다기보다는 맹목적盲目的이라고 할 수 있다.

문학 속에서 사랑의 담론은 현실적이거나 상상적인 사랑의 결핍이다. 우리가 어떤 사랑에 대해서 말할 수 있다면, 그것이 아무리 거대한 사랑이라 할지라도 상처를 입히지 않고는 존재하지 않는다. 사랑에 대해 말하는 것은 지나간 일이라 해도 상처로부터 가능한 것이기 때문이다. 우리는 매번 사랑하는 단 한 사람과 사랑을 창조해 낸다. 매 순간마다, 유일한 현장 속에서, 각자가 쌓아가는 시간 속에서. 그러나 사랑을 위한 안정된 거울이란 없다. 사랑이란 결국 아픔이고, 자유이고 기쁨이지만, "지킬 수 없는 약속을 남발"하는 "애인"처럼 사랑은 온전히 소유할 수도 없고, 그것에는 어떠한 준칙도 없다는 것이 시인을 더욱 고통스럽게 한다. 그러나 욕망을 앞세운 사랑은 쾌락을 넘나들며, 쾌락과 욕망의 주위를 에워싸거나 또는 이것들을 우주적 차원으로 이동시켜 스스로를 성장시키기도 한다.

자세를 바꿔볼까
바람이 담장을 너머 꽃무늬 빤스를 건드린다
뒤집었다가 눕혔다가 밀었다가 끌어당겼다가

햇볕과 바람을 삼킨 엄마의 꽃무늬 빤스
그 숨결 절정이다

—「꽃무늬 빤스」 부분

이 시의 관능적이고 구체적인 몸의 움직임은 인간 삶에 부단히 일어나는 어떤 분위기처럼 작용한다. 성이 애매한 분위기로 삶과 공존하는 것처럼, 비결정성 내지는 애매성이 인간 실존의 원리임이 드러나는 대목이다. 「꽃무늬 빤스」의 "바람"은 개인 속에 머무는 것이 아니라 "꽃무늬 빤스"라는 대상 속으로 그리고 그 대상과 함께 체험하는 사건들 속으로 들어가 한 몸이 된다. 몸은 환경과 일치하기도 하지만, 어느 정도 어긋날 수밖에는 없다. 오히려 그 어긋남을 통해 몸과 세계가 발전하기도 하는 것이다. 세계 속에서 자신이 지향하는 의미구조와 대응하는 것을 찾지 못했을 때, '바람'이 자세를 바꿔 '꽃무늬 빤스'를 건드려보듯이 스스로 환경에 맞추어 새로운 방식으로 구조화하기 때문이다. 그런 어긋나는 틈새를 메우기 위해 수행되는 것이 반성反省이다.

시인에게 반성의 원천은 몸에 있다. 이중감각 즉 실제로 만지는 몸과 만져지는 몸의 이중성 속에서 일종의 반성이 극대화되어 '정신적인 반성'을 일으킨다. 위의 시에서 '바람'과 '햇볕'이 "엄마의 꽃무늬 빤스"와 나누는 몸의 유희는 마지막에 "그 숨결"이 "절정"에 이르게 되는데, 이는 "둥근 사랑"의 실천행위로써 "수없이 허리를 굽혔을 어머니"를 향해 "젓가락, 그 직선의 어긋남"의 행위로 "어머니의 둥근 품을" "아프게 울렸"(「밥상을 차리며」, 『몸속에 그늘이 산다』, 지혜, 2015)을 화자의 반성적 몸부림이라고 할 수 있다.

엄마와 함께 두릅을 꺾었네. 서툰 손가락이 센 가시에 찔렸네. 찔끔 눈물이 흘렀네. 내 몸에서 물이 솟는 것이었네. 물이 없을 것 같은 몸 어디에 물이 숨어 흐르고 있었던 것일까. 두릅나무 수액이 밀어 올린 새순처럼 눈물은 돋은 것일까.

—「눈물」 부분

시에서 “서툰 손가락”이 “센 가시에 찔”리게 되는 현상 역시 일종의 ‘몸의 반성’이다. 이는 타인과의 관계에서 만나게 되는 어떤 틈새 때문일 것이다. 이와 같은 환경은, 역시 주체인 타인의 몸이 속해 있는 곳으로 “두릅나무 수액”과 “새순”은 “햇볕과 바람이 삼킨 엄마의 꽃무늬 빤스”와 같이 사랑하는 대상과 상호몸성intercorporéité을 맺게 되는 세계이다. “내 몸에서 물이 솟”는 것처럼 나의 몸이 깨어날 때, 연결된 몸들이 함께 깨어난다. 나와 함께 세계에 속해 있는 타자들이 나라는 장소에 출몰하고, 타자들의 존재 역시 내가 출몰하는 장소가 된다. 이처럼 내 몸은 하나의 자아이다. 혼란을 통해서, 나르시시즘을 통해서, 세계와의 내속을 통해서 내 몸은 자아가 된다. 내 몸은 사물들 사이에 묶여있는 자아이고, 과거와 미래가 있는 자아이다. 시인에게 지성적인 반성의 원천은 바로 이와 같은 몸의 반성인 것이다.

누군가를 젖게 하기 위해 태어나는 운명이라니

눈동자 속에 하늘을 그려놓고
오래도록 만지작거리면 구름이 도착한다
비뚤어진 감정으로 한 입 베어 물면
몸을 비트는 구름

(…)

비는 오고
비는 오고
비는 또 오고
—「연우連雨」 부분

바슐라르는 인간의 정신을 지배하는 상상력의 탐구를 통해 특히 '물질적' 요인의 중요성을 강조한다. 그는 우리의 정신이 갖는 상상적 힘을 존재의 근원에 파고 들어가 원초적인 것과 영원적인 것을 동시에 찾아내는데, 이를 물, 불, 공기, 흙의 4원소로 분류해 연결짓는다. 이에 따라 이경숙 시의 이미지가 하나의 물질성을 갖는다면 그것은 바로 '물'일 것이다("몸 어디에 물이 숨어 흐르고 있었던 것일까"). 시인이 사유하는 몸은 위의 시에서와 같이 "비", "구름" 등의 물이 지배하고 있다. 특히 '뜨거운 물'("눈물")은 몸을 통해 그의 욕망과 감정들을 쏟아낸다. "뜨거움이 몰려온다" "물을 가득 품은 눈이 마지막까지 입을 틀어막는다", "삼켰던 물소리가 들썩인다/ 속눈썹 끝에 달라붙어 커지는 물방울들/ 눈을 감아도 계속 쏟아진다"(「눈물의 탄생」) 그의 몸 안에 잠재되어 실현되기를 요구하는 욕망들이 끊임없이 말을 쏟아낸다. 마침내 사랑의 대상인 또하나의 주체이자 타자는 그의 눈물을 귀 기울여 들음으로써 함께 '뜨거워'진다("너는 뜨거워지고 얼어붙은 심장은 녹는다").

이처럼 시인은 몸의 상상을 통해 끊임없이 어떤 만남과 마주침에 대해 얘기하고 있다. 첫 번째 시집 『몸속에 그늘이 산다』에서 신발 가게 진열장 유리문을 통해 보이는 점원

"K군"과의 내밀한 만남 또한 그러하다. 양자 사이에 잠재해 있는 어떤 엄청난 힘의 부딪침이 화자의 상상을 통해 발산되고 있다. 손님이 신발을 신는 것을 도와주기 위해 취하는 점원의 자세를 화자는 사랑의 대상을 향해 "무릎을 꿇'고 고백하는 것으로 상상하는 것이다. 이는 '언젠가 만난'적 있고, '언젠가 와 본' 것 같은 풍경을 떠올리는 일이다. 화자가 "K군"과 벌이는 관능적 유희는 "마음 밑바닥 물 흐르는 소리"를 듣는 일이고, "뜨거움이 뼈와 살 사이를 비집고" 들어와 "일렁"이게 하는 일이다(「신발가게 K군」).

강제된 죽음의 불가능성

너에게 관심이 많아
슬픔 가까이에서 슬픔을 묻히며 놀고 놀이는 생각보다 중독성이 있다
잠길 듯 잠길 듯 위험 수위는 어디쯤일까
몸은 젖고 핏발 선 눈동자가 바글바글
마치 다 알고 있다는 듯 너는
(…) 힘을 빼고 몸을 맡겨야 해 (…) 슬픔은 강하지 반대편에 몸을 숨겨도 소용없어
(…)
클릭
의도적인 버그
너는 순식간에 사라지고 너 없는 게임은 만만해진다
무엇보다 죽이고 싶던 이름을 제거하면

게임 오버
또 다시 시작 버튼은 깜빡이는데
—「슬픔의 방식」 부분

이 시는 화자가 강력한 사랑놀이 속에서 에로스의 이면인 타나토스를 '의도적인 버그'라는 약호로 사용하고 있다. 사랑에 빠진 자아는 팽창한다. 자아가 엄청나게 확대되는 반면, 사랑의 체험 한 복판에는 이상한 구멍이 생긴다. 나르시스의 상처일 수도 있고, 한 부분을 잘라내는 것 같은 아픔일 수도, 자기 안의 죽음일 수도 있다. 이는 사랑에 있어서 '나'란 타자였다는 것을 의미한다. 타자 속에서 타자를 위해 자기를 잃어버리는 것을 인정하는 불안한 상태인 것이다. 대체로 정열적인 사랑은 서로 화합할 수 있는 길을 택하거나, 이탈 혹은 파괴와 손을 잡는다. 그 위험한 정상에서 '죽음'과 '재생'의 힘 겨루기를 하는 것이다.

시 「슬픔의 방식」에서 드러난 죽음과 재생의 역설적 현장은 최고의 충동적 감정이 일어나고 있는 장소이다. '완전한 암흑'만이 빛과 비슷하다는 바타유의 주장에서와 같이, 컴퓨터 화면 속 대립하는 의미의 장을 통해 우리는 "게임 오버"와 "다시 시작"을 충돌시키고, 비통합적인 이 접합의 긴장으로 충격의 결과를 낳는 은유의 전개를 볼 수 있다. 마치 눈부신 태양이나 견디어낼 수 없는 죽음과 마찬가지로, '완전히 슬퍼져야 가능한' 에로틱한 격정을 화자는 자신의 기호로 옮겨놓고 있다.

위 시에서 화자는 사랑하는 대상의 죽음을 의도적으로 강제하고 있다. 사랑의 열병은 영원히 지속될 수 없는 사건이다. 그것은 언제고 끝이 날 운명인 것이다. “마치 다 알고 있다는 듯 너는” 이미 이 게임을 “지루해”하고 있는 사태에 화자는 직면해 있다. 이럴 때 그가 할 수 있는 최선의 선택은 무엇일까. 그건 ‘지금-이 순간’ 게임을 끝내는 것이다. 이는 슬픔을 통과하는 시인의 능동적인 방식이라 할 수 있다. 벤야민이 말하고자 했던 것은 현재적인 것 속에 깃든 과거적인 것 그리고 미래적인 것의 어떤 유토피아적 얽힘이고, 이 얽힘의 현재적 체험이다. 그렇다면 시인은 자신만의 유토피아에 다다른 것일까? 아마도 그렇지 않은 것 같다. 끝냈다고 생각했던 게임의 세계가 화면 속에서 “다시 시작”되고 있음을 확인하고 있을 뿐이다.

슬픔과 대결하는 일은 화자에게 있어서 “단순한 게임과 다”른 무엇이다. 무엇보다 “힘을 빼”야 하고, “몸을 맡겨야” 하며, “익숙하게 쓰러지는 법”도 “알아야” 하고, 또한 그것은 “완전히 슬퍼져야 가능한 감정들”이기도 하다. “그래야 다시 살아날 수 있”다는(「슬픔의 방식」) 화자의 고백은 지난 시간 속에서 이미 체험된 것들임을 알 수 있다. 벤야민은 과거와 현재와 미래, 그리고 주체와 객체의 얽힘을 아우라라는 개념을 통해 비의적인 문장으로 서술하였지만, 문제는 이런 아우라 속에서 이루어지는 어떤 얽힘 또는 혼융의 생생한 체험이다. 이미 가버린 것은 온전히 사라진 것이 아니라 그 자체로 미래의 흔적을 내포한다. 시 「슬픔의 방식」은 끊어냄과 이어짐의 연속선 상에 있는 사랑의 욕망을, 인간 삶의 근본 속성을 비유적으로 보여주고 있다.

나뭇가지 끝에 새 한 마리 앉았다가 파닥이며 날아가는

것을 보았다

날개를 파르르 떨다가, 꽁지를 까닥까닥하다가 어딘가로 사라졌다

좀 더 견뎌보자던 이파리들

햇살 속에 떨어지고

출렁, 나뭇가지가 흔들렸다

(…)

온전히 잊기 위해 간신히 남아있던

사라질 빛들이 남기는 마지막 울먹임 같은 것들을 풀어놓으며

혼잣말하는 저녁이다, 자꾸만 아득해지는

—「흔들림의 세계」 부분

시인이 사랑의 게임에 의도적으로 버그를 일으키는 상황은 사랑의 절정을 죽음으로 몰고 가는 행위이다. "문밖에서" "문을 두드리는" 타자를 향해 "서둘러 문을 닫는"(「악몽 —저녁이 오는 시간」) 행위이다. 그렇지만, "나무를 떠나보내고 한 나무를 떠나보내고 또 한 나무를 떠나보내고 또 다시 한 나무를 떠나보내도" 화자에겐 "아직도 너무 많은 나무들"이 미래에서 과거를 향해 수런대고 있다. 이때 화자는 "비밀 하나쯤 만져질 것 같은"(「보라」) "발그레 물든 저녁"(「악몽 —저녁이 오는 시간」)을 만난다. 오지 않는 그를 기다리며("통화음이 길어질 때/ 차라리 귀가 없었으면 했다"—「봄밤」, "그는 오지 않고 나는 오래도록 그대로 있었네"—「절판」), 이미 내가

아닌 내가 되어있는(“이미 내 것이 아닌 귀가 잎사귀로 자라고 있었다”—「봄밤」) 나를 인정하고야 마는 것이다(“지워도 지워지지 않는 얼굴로, 지워져도 알아보는 얼굴로 발자국들 묻으며” “집으로 가자”—「절판」).

꿈에 빗소리가 들릴 때면 산을 내려오는 내가 보인다

동수나무를 지나 으스스한 당집 앞을 빠르게 지나간다
오싹하게 소름이 돋을 즈음 거짓처럼 달이 뜬다 주인없는
방앗간을 지나 정자 모퉁이를 돌아서 낡고 허름한 우리 집
에 도착했을 때
헛간 옆 베어낸 대추나무 아래 모가지를 길게 뺀 당신
이 있다

이건 꿈일 거야
잠속에서 잠들지 못하는 마음이 술렁인다
덜 익은 대추가 발 아래로 무섭게 쏟아진다

그래 이건 분명 꿈이란다
나쁜 일은 영원히 생기지 않아
눈을 감았다 뜨는 사이 하룻밤은 지나간단다
조근조근 당신의 눈빛이 하염없다

세상 모든 걱정 내려놓고 나 행복하라고 당신을 가까이
로 데려온다
행복 같은 것이 아니라 정말 행복한 것

누군가의 마음을 훔치는 잠
아주 오래된 이야기가 귀를 적시는 꿈을 꾼다
—「동티」 전문

벤야민은 희망이 미래가 아닌 과거에 있다고 말한다. 과거 속에는 잠재된 욕망이 있고 그것이 끊임없이 욕망의 실현을 촉구한다는 것이다. 위의 시 화자 역시 "아주 오래된 이야기"에 "귀를 적시는 꿈을 꾼다". 그의 욕망들은 과거 속에 실현되지 않은 채로 잠재해 있다. 그리고 얘기한다. "조근조근"한 "눈빛"으로 "하염없이". 화자는 현재의 시간 속에서 '공포와 거짓 현실'이라는 조건 속에 감금되어 있다. 어쩌면 그에게 꿈은 꿈을 위한 꿈일 뿐일지도 모른다. 꿈을 꾸게 하는 현재의 조건이 행복이라는 꿈을 실현시킬 수 없게 만들기 때문이다. 그러나 현실의 조건이 암울하다고 해서 그 꿈이 미래의 행복과 전혀 무관할 리 없다. 논리적으로 설명할 수 없는 존재론적이고 경험론적 접근만이 가능한 것이 시이기 때문이다. 이처럼 화자가 꿈속에서 기억을 소환하는 이유는 현실이 행복을 실현시킬 수 없기 때문이고, 이 조건이 불가능하게 만드는 그 꿈을 시를 통해 실제로 실현시키고자 하는 것이다.

미래 지향적인 시간관이 지배하는 세계 속에 살아가는 우리는, 시를 읽어가는 동안 어느새 숨을 고르고 시인의 시간관을 따라 흘러가게 된다. 현대인에게 행복은 미래를 향해 끊임없이 연기된다. 그렇게 만들고 있는 것이 바로 근대적 시간관이다. 그러나 과거를 응시해 보면, 누구에게나 한 번쯤 행복했던 순간들이 있기 마련이다. 그가 가족이든 연인이든 스승이든, 미래에는 불확실한 사랑의 순간이 과거의 기억 속에는 분명 있다. 그것들을 가만히 응시해 보면, 그것들과 얘기를 하고, 우리가 그런 구체적인 가능성을 갖게 된다면, 마침내 행복의 가능성을 발견하게 되는 것이다.

흔들림, 그 아름다운 사랑의 몸짓

또 무서운 꿈을 꾼 모양이구나

이리 온. 안아 줄게 울지 말거라. 몸이 펄펄 끓는구나 이런 새가슴 되어 떨고 있구나 누가 때리기라도 하던. 말해 보렴 아무 말이나 막 하면 어때 소리쳐도 된단다 밤은 원래 캄캄하고 유령 따윈 없단다

(…)

코 자자 꿈속에서 우리 만날까 엄마는 놀이터에서 기다릴 거야 아가 부르면 네 큰소리로 대답하렴 딸기 맛 사탕을 줄게 달콤한 막대사탕을 빨며 너는 까르르 웃을 거야 웃음은 노래를 부르며 그네를 타겠지 노래 소리는 힘차게 그네를 밀 거고 하늘 끝까지 닿았다가 천천히 내려올 거란다 몽실몽실한 양을 만질 수도 있고 코끼리 등에 올라탈 수도 있겠지 어쩜 팅거벨이 되어 날아다닐지도 몰라

—「걱정인형」 부분

인간 존재는 직접적으로 '상황 속에' 있다. 상황 속의 존

재가 삶의 근본적인 조건인 셈이다. 그러나 그 속에 있는 계획들이나, 약속들, 또는 가치들에 궁극적으로 의미를 부여해 주는 것은 결국 나 자신의 최초의 기획투사이다. 위의 시에서 화자는 "걱정인형"이라는 사물을 통해 불안을 "펄펄 끓는" '몸'으로 표현하고 있다. 마치 엄마와 분리된 아이처럼 불안에 떨고 있는 자신을 달래고 안심시키면서 스스로가 자유로운 존재임을 인식시키고자 한다. 인간은 자신이 과거로부터 분리되어 있다는 것을, 또 미래로부터 분리되어 있다는 것을 의식하게 될 때 불안을 느낀다. 자유 역시 미래로부터, 과거로부터 분리되어 나타난다. 시 「걱정인형」은 불안을 통해 자유가 작동하는 것임을 상기시켜 주고 있다. 불안은 자유의 존재 방식이다. 결국 자유는 불안을 통해 작동하는 것이다.

내가 바라보는 세계가 실재인지 아니면 단지 꿈이나 환상인지 확신할 수 없음은 데카르트가 지적한 바 있다. 화자가 불안 속에서 '잠들지 못'하거나 '흔들리는 순간' 발견해 낸 틈은 삶에 대한 성찰을 위한 일종의 '판단 중지'를 수행하는 일이다. 이로써 감각의 기만 가능성에 대해 한 번 더 의심해 보게 되는 것이다. 이는 대상이 인식에 주어져 있으면서도 그 자체적인 성격, 즉 객관성을 유지할 수 있는 하나의 방식이 된다. 그것은 시인이 삶과의 불화를 해결해 나가는 하나의 방식과 무관하지 않을 것이다.

흔들리는 찰나 (…) 잠시, 숨도 쉬지 않고 적막해지기로 했다

—「흔들림의 세계」 부분

세계 속에 놓인 인식 주체로서의 시인은 자기소여성을 기반으로 주어진 대상을 파악하는 방식에 따라 '틈'을 찾아낸다. 이러한 태도는 일상생활 속의 대상과 의식 작용 간의 상관관계를 주목하게 하는 계기를 제공한다. "흔들리는 찰나"에 "잠시, 숨"을 '멈추는' 행위는 주체와 주체의 근원적인 얽힘이 드러나는 순간을 만나는 일이다. "뾰족한 이빨과 날카로운 발톱을 치켜세우던" "그"가 "가장 순한 짐승이 되"고, "어제"를 버리고 새로운 "오늘"을 만나는 '그'를 맞이하는 일이다(「틈」 부분).

> 달력에서 오늘 하나를 지운다 (…) 기억나지 않는 오늘은 어디로 갔을까 사라진 오늘로부터 사라질 오늘이 될 때까지 달력을 찢으며 지우며 반복한다 (…) 나는 날마다 죽고 내가 죽은 만큼 나는 다시 태어난다
>
> —「오늘」 부분

사고 작용은 다분히 시간적인 반면, 이념성에 속하는 어떤 것은 무시간적이다. 인식 작용의 시간적 본성과 이념성의 무시간적 본성 사이에 차이가 있다면, 그것은 '자기소여성自己所與性'의 탐구 여부일 것이다. 후설이 '사태 자체'를 진리의 원천으로 간주한 것처럼, 사태에서 벗어나 있는 선입견들을 제거함으로써만 인식 주체에게 주어지는 사태를 왜곡하지 않고 있는 그대로 받아들일 수 있다. 화자는 "불량하게 달려온" "오늘"을 반성한다. "어제의 욕심으로 그제의 생각으로" "만만했던 하루"가 "완전히 실패"할 수밖에 없었음을 고백한다. "사라진 오늘"이 "사라질 오늘"이 되기까지 "달력을 찢으

며 지우며” “날마다 죽고” “다시 태어난다”(「오늘」).

시인의 체험을 ‘지금-여기’에서 시적 언어로 표현해내는 일은 그야말로 맹목의 조건하에서 가능한 일이다. 끊임없이 도망하는 ‘비가시적’ 통점이 언제나 이미 지나간 과거 속에서만 발각되기 때문이다. 그러기에 죽임을 당했던 사랑의 대상들은 매번 다른 모습으로 찾아와 몸을 뜨겁게 달구고, 또다시 죽어가며, 계속해서 “속눈썹 끝에 달라붙어” 눈물로 쏟아진다(「눈물의 탄생」). 그럼에도 불구하고 시인에게 사랑은 여전히 어떤 예감으로 존재한다(“착하고 순한 눈사람이 골목 끝에 서 있을 것 같은”—「눈사람」). 그것들은 지금-여기까지 끌고 온 ‘얼룩들이 담긴 분홍 트렁크’(「오늘의 시작」)를 환하게 열어젖히고, ‘찰랑찰랑 흔들리는 몸’으로 수많은 산꽃들의 ‘냄새로 번진다’(「수몰」).

이 시집의 시적 화자들은 외부의 사물이나 사건들이 처해 있는 상황 속에 거주하면서 몸을 토대로 그것들과 조화를 이루려는 실존적 주체이다. 이를 통해 사랑이야말로 시인에게는 알파와 오메가였음을 알 수 있다. 그 사랑에 대한 결핍이 그 지극한 대상을 향한 갈망과 고통이 그의 시쓰기의 깊고도 성스러운 우물이었음을 거듭 확인하게 된다. 시인은 그가 “끌고 온 얼룩들이 자라나는 몸”을 “분홍 트렁크”(「오늘의 시작」)라고 부를 수밖에 없음을 고백하고 있다. 이는 시인이 길어 올린 고통스런 기억들이 삶을 회복시키는 비밀스런 카드로 쓰여지고 있기 때문일 것이다. 첫 번째 시집(『몸속에 그늘이 산다』)의 제목처럼 그의 사랑의 언어들은 주술에 걸린 듯 그늘 속을 거닐며 햇살을 끌어당긴다. 한없이 커진 귀로 끊임없이 비밀스런 이야기들을 쏟아낸다.

사랑하는 시인의 언어는 곧 사랑하는 독자의 언어가 된다. 시쓰기는, 시읽기는 사랑의 행위와도 같이 결합에로의 꿈을 실현시키기 때문이다. 이처럼 '온몸'으로 글을 쓰는 시인에게 삶은 사랑을 향한 끝없는 여정이 될 것이다.

언제 밥 한 번 먹어요
당신은 말했지요

언제가 언제일까

저녁이 어둑하게 찾아오고
언제 꼭 같이 밥을 먹자던 당신의 말이
비릿하게 다가올 때
골목 끝에서 퍼지는 고등어 굽는 냄새

어느새 당신의 손을 잡아끌어 밥상 앞에 앉히고
노릇하게 구운 고등어 한 접시 차렸지요
나는 그 자리에 주저앉아 살 속에 박힌 가시를 바르느라 여념이 없네요

당신도 나도 기약할 수 없는 언제라는 말
젓가락으로 하나씩 발라내며
함께 밥 먹자고
지금 당장 밥 먹자고
자꾸만 당신을 내게로 데려와요
—「언제」 전문

이경숙

이경숙 시인은 대학에서 국어국문학을, 대학원에서 문예창작을 공부했으며, 융합콘텐츠학으로 박사학위를 받았다. 2005년 『문학공간』으로 등단하고, 2015년, 2020년 경상북도 문예진흥기금을 수혜했으며, 제7회 경상북도여성문학상을 수상했다. 시집 『몸속에 그늘이 산다』와 에세이 『우리 같이 장 보러 가자』가 있다.
이경숙 시인의 두 번째 시집인 『눈물의 탄생』은 몸을 타고 흐르는 사랑의 욕망을 노래한 시집이며, 이 세상의 울음에 대한 가장 아름다운 시집이라고 할 수가 있다.

이메일 : lks3755@hanmail.net

이경숙 시집
눈물의 탄생

발　　행 2021년 8월 25일
지 은 이 이경숙
펴 낸 이 반송림
편집디자인 김지호
펴 낸 곳 도서출판 지혜・계간시전문지 애지
기획위원 반경환 이형권
주　　소 34624 대전광역시 동구 태전로 57, 2층 도서출판 지혜 (삼성동)
전　　화 042-625-1140
팩　　스 042-627-1140
전자우편 ejisarang@hanmail.net
애지카페 cafe.daum.net/ejiliterature

ISBN : 979-11-5728-452-8 03810
값 9,000원

* 2020년 경상북도 문예진흥기금을 수혜했다.